AF542891

EL
PROFETA

Título original: *The Prophet*

Diseño de colección: Manuel García Pallarés designmanuelpallares

Editorial Edaf, S.L.U.
Jorge Juan, 68. 28009 Madrid
Tel. (34) 91 435 82 60
http://www.edaf.net
edaf@edaf.net

Algaba Ediciones, S. A. C.V.
Calle 21, Poniente 3323, entre la 33 sur y la 35 sur
Colonia Belisario Domínguez, Puebla 72180, México
Telf.: +52 22 22 11 13 87
jaime.breton@edaf.com.mx

Ediciones y Distribuciones Edaf, SRL
Calle Chile, 2222, PB
1227- Buenos Aires (Argentina)
Telf: +54 11 4308 52 22/+54 11 6784 95 16
fernando@edafarg.net

Edaf Chile, S. A.
Huérfanos, 1178, Oficina 501
Santiago, Chile
Tel. +56 9 4468 0539 +56 9 4468 0537
comercialedafchile@edafchile.cl

Octubre de 2025
ISBN: 978-84-414-4456-0
Depósito legal: M-15740-2025

Impreso en España / Printed in Spain
Gráficas Cofás. Pol. Ind. Prado Regordoño. Móstoles (Madrid)
Papel 100 % procedente de bosques gestionados de acuerdo con criterios de sostenibilidad

EL PROFETA

Khalil Gibran

Prólogo y traducción de Mauro Armiño

MADRID – MÉXICO – BUENOS AIRES – SANTIAGO
2025

Índice

Sobre el autor Khalil Gibran

KHALIL GIBRAN (1883, Becharre, Líbano-1931, Nueva York) nace en el seno de una humilde familia maronita, en la que él es el segundo de cuatro hermanos, con los que vivió hasta su primer gran viaje, fuera de su tierra natal.

Comienza sus estudios en la Escuela Elemental de Bisharri*, hasta que con once años, en 1884 con gran parte de su familia, emigra a Estados Unidos en busca de nuevas oportunidades para trabajar y vivir. Es muy importante el legado de su abuelo materno sobre distintas disciplinas y conocimientos, que determinarán su vida y su obra, pues ya desde edad muy temprana se manifiestas sus aptitudes literarias y artísticas: el arte y el saber universal, que fueron base para la literatura y la pintura.

Gibran, tras residir unos años en Boston y Massachusetts y aprender y perfeccionar con interés el inglés, volvió en 1898 a Líbano, donde estaría hasta 1902. En Beirut frecuentaba el centro religioso maronita y nacional y aprendió francés, épo-

---

*Bisharri, Becharre, Bcharre son aceptados y utilizados indistintamente. (*N.del E.*)

ca en la que ya empieza a desarrollar un estilo propio literario elegante y fino, y destacaba su habilidad con el dibujo, que es cuando tiene la idea de escribir un libro, *El Profeta*, obra que lo definiría como escritor y creador. Pero esta habilidad con el dibujo lo llevaría a exhibir y exponer en importantes lugares del ámbito internacional, en los que sería elogiado positivamente y admirado.

En 1902 decide volver a Boston y comenzó a publicar en árabe obras que ponen de manifiesto su peculiar estilo, hasta que en 1904 marcha a París y se instala en Vaugirard hasta 1910. En la época parisina se queda fascinado por el ambiente cultural y artístico del París de la época, que llega a conocer estupendamente. En 1910 vuelve de nuevo a Boston, y en 1911 funda una especie de agrupación político-social que se propone luchar en contra de la tiranía y la opresión en Oriente.

A finales de 1911 se traslada a la ciudad de Nueva York y poco después, en 1912, se publica el libro *Las alas rotas*, que ya comenzara en París unos años antes. Publica sus primeros textos en la revista libanesa *Al-Manarah*, fundada por el propio Gibran junto a Youssef Howayek, y en esas mismas fechas da comienzo a una etapa de viajes constantes por Europa.

Es en esta etapa en la que simultanea su labor artística con la literaria y publica para la revista *Alfunun* y, después de la desaparición de esta, para *Alsaih*, a cuyos fundamentos se forja la agrupación literaria más importante de toda la literatura del mahyar, la Liga Literaria, fundada como tal el 4 de abril de 1920 y en la que caben destacar, entre otros muchos, como Gibran, Nuayma, Nasib Arida y Rasid Ayyub.

Es un periodo prolífico y de prestigio consolidado como escritor a nivel mundial, en una época en la que ya publica en inglés, y saldrán varias obras suyas en este momento: *El loco* y *El precursor*. Asimismo, es en estos años cuando ya logra finalizar de escribir *El Profeta,* publicado en 1923 con dibujos elaborados por él mismo.

En esa época su inquietud interior y de malestar vital lo invitan a volver a su patria, época en la que su salud se resiente de forma considerable y constante hasta el final de su vida.

Se casó con la mujer que siempre quiso y amó hasta su muerte.

Cabe señalar que la obra y el talento de Gibran ya eran reconocidos a nivel mundial y fue unánime el trato de respeto literario, pero es a partir de 1925 cuando llega el reconocimiento social y mejoran sus condiciones de vida.

Khalil Gibran muere en 1931 en Nueva York a los cuarenta y ocho años de edad.

Se puede afirmar que su influencia en artistas y disciplinas de toda índole (música, arte, cinematografía...) y escritores, muchos de ellos considerados de carácter universal, ha sido patente a lo largo de todo final del siglo XX y en la época actual. Gibran ha servido de inspiración a distintas generaciones desde el punto de vista intelectual y de pensamiento.

Cronología
Gibran y su tiempo

1883 Nacimiento el 6 de enero, en Becharre, población del norte del Líbano.

1894 Emigración de la familia a Boston (Estados Unidos). Su hermanastro Pedro, sus hermanas Sultana y Mariana, su madre y Gibran se dirigen por Trípoli y Beirut a Estados Unidos, dejando al padre en el pueblo natal.

1896-1900 Regreso de Gibran a Beirut para estudiar en la Escuela de la Sabiduría. Se aficiona al dibujo y a la escritura. Primer borrador en árabe de *El Profeta*.

1901-1903 Pasa por Grecia, Italia y España camino de París, donde residirá dos años estudiando pintura.

Escribe *Espíritus rebeldes*, que será quemado públicamente nada más editarse, y por lo que Gibran fue excomulgado por la Iglesia católica maronita, a la que pertenecía su familia.

En 1903 nacen Marguerite Yourcenar y Georges Simenon.

1903-1908 Regreso a Boston: han muerto su hermano, una hermana y su madre, atacados de tuberculosis. Solo sobrevive su hermana Mariana, a cuyo lado pasará la mayor parte de su vida. Se dedica a la pintura, exponiendo sus obras con cierto éxito. Conoce a miss Mary Haskell, que actuará en la vida de Gibran como protectora y consejera.

1908-1910 Viaje de nuevo a París para seguir sus estudios pictóricos.
Exposiciones.

1910-1917 Regresa a Boston, pero al poco tiempo traslada de forma definitiva su residencia a Nueva York, donde expone en repetidas ocasiones.

28 de julio de 1914. Asesinato del archiduque Francisco Fernando de Austria en Sarajevo. Empieza la Primera Guerra Mundial.

1917-1922 Periodo de gran dedicación a la escritura: nuevo borrador, todavía en árabe, de *El Profeta.*
En esa misma lengua escribirá *Alas rotas, Las tempestades, Lágrimas y sonrisas, Ninfas del valle* y *Las procesiones.*
En 1918 aparece en inglés *El Loco;* al año siguiente sus *Veinte dibujos,* y en 1920 *El precursor.*

Febrero-Octubre de 1917. Revolución rusa.

El 11 de noviembre de 1918 finaliza la Primera Guerra Mundial.

1922-1929 Su vida se limita a la edición de libros y a la preparación de exposiciones.

Aparece en 1923 la versión definitiva de *El profeta,* en inglés, seguida poco después de su traducción en árabe, con un prólogo original para esa edición. *Arena y espuma* (1926), y *Jesús, el hijo del hombre* (1928) son los libros más importantes del periodo.

1931 El 10 de abril, en Nueva York, muere Khalil Gibran en el St. Vincent´s Hospital. Sus restos son trasladados al Líbano y enterrados en el convento de Mar Sarquís. Aparecen, prologados y cuidados por su biógrafa Barbara Young, libros póstumos como *Los dioses de la tierra, El vagabundo* y *El jardín del profeta.*

Prólogo

EN BECHARRE, Líbano, nació Khalil Gibran. La bíblica nación de los cedros sagrados tenía, precisamente en la aldea natal del poeta árabe más conocido de la edad contemporánea, uno de sus focos religiosos más antiguos e importantes: Becharre (o *Bcharri*) significa «templo donde mora Astarté», y en la época fenicia fue centro de peregrinación; junto a la aldea se levanta el Bosque Sagrado de los Cedros y el convento de Mar Sarquís, donde sería enterrado el poeta. Pese a ser depositario del cedro milenario, Becharre no se libró de la dominación turca que durante varios siglos ocupó la zona, mediante tropas propias y mediante una argucia empleada desde mucho tiempo atrás por pueblos dominadores: el enfrentamiento de partes determinadas de la población por motivos fútiles, ya sea raza, religión, ideas, etc. Pocos años antes de su nacimiento se había producido una de las matanzas más crueles de la historia del Líbano, si dejamos a un lado la devastadora guerra que en la década de los ochenta del pasado siglo XX asoló esa pequeña región bíblica: en 1860, los drusos, armados por los turcos, provocaron miles de muertes entre los católicos maronitas, secta cristiana fuertemente arraigada en el Líbano, pues no en balde su fundador, san Marón, había vivido y evangelizado ese país en el siglo V. Precisamente esas matanzas —que el padre de Gibran vivió en su niñez— fueron las que encresparon los ánimos de los libaneses maronitas, y en el norte del país, en las montañas que rodean Ehden y Becharre, surgió la figura política que aglutinaría la lucha independentista: José Karam. Pero la libertad no llegaría sino en 1943, aunque los sobresaltos políticos, e incluso bélicos, no han dejado de zarandear la región, expuesta, por su situación geográfica y su religión, a convertirse en envite de la guerra de Oriente Próximo más cruel desde la Segunda Guerra Mundial: la que libra Israel contra Palestina, y que envuelve en su zona de tiro a los países aledaños de religión musulmana.

Precisamente en esa zona, en el norte, se crió el poeta que predica ante todo la paz, el amor, la reconciliación; en una humilde choza, el 6 de diciembre de 1883, nacía Khalil Gibran, hijo de un pastor de ovejas muy aficionado al *arak,* la bebida nacional libanesa, y de Kamile Rahme, hija de un sacerdote maronita (la religión maronita permite el matrimonio a sus sacerdotes) que evangelizó en Brasil; ahí había enviudado Kamile Rahme, volviendo luego a la patria con su primer hijo, Pedro, para casarse con Khalil Gibran padre. Al niño le fueron impuestos, siguiendo las tradiciones ancestrales, los nombres familiares y paternos; su significado, trascendido por los ideales orientales, iba a cuadrar con su obra futura. Gibran quiere decir «El soñador o consolador de almas» y Khalil «El escogido o el amigo amado».

Pero la situación política libanesa —sojuzgada por los turcos— había creado unas condiciones de vida tan duras que se producía la paradoja de vivir más libaneses fuera de su patria que dentro; diseminados por Brasil, por la América castellana y por la sajona, los emigrados libaneses seguían en contacto con la patria; los clanes y familias parecían mantener a distintos miembros en el extranjero de forma rotativa. Cuando Gibran tiene once años, su hermanastro Pedro, sus dos hermanas, Sultana y Mariana, y su madre emigran con él a Boston, mientras el padre permanece en el hogar. Gibran apenas había estudiado en una escuela, pero desde su infancia se había aficionado a la música y a los instrumentos.

En las conversaciones que tuvo con José Juan Tablada, importante poeta y periodista mexicano, al que la lírica modernista castellana debe el trasplante de formas de poesía oriental, sobre todo del haiku, nos ha transmitido, aparece frecuentemente la presencia de la tradición milenaria de las formas populares de música.

> En mi casa veíanse, como legado de los abuelos, raros instrumentos, teorbas y violas de amor, que hoy solo se ven en los museos o pulsadas por los ángeles en las primitivas pinturas italianas.

Junto con la música, la pintura sería su pasión infantil, además de las excursiones a los alrededores de Becharre: al convento de Mar Sarquís, a la Gruta de Kadhisa, al Bosque Sagrado de Cedros, al insondable Valle de los Santos de las cercanías, cuyo lecho no besa la luz del sol. Pero serán sobre todo sus aficiones artísticas las que más recordará a José Juan Tablada, que nos transcribe retazos de aquella infancia.

> Khalil niño fue extraordinariamente precoz y versátil, dedicándose al dibujo, a la escultura, a la música y a la literatura, con avidez y absorción tales que, para atemperarlas, tenían sus padres que recurrir al castigo. Cuando el niño tenía ocho años, los poderosos númenes de Miguel Ángel y de Leonardo, entrevistos en los libros ilustrados, se habían estampado en su conciencia tierna como la cera para impresionarse y como el mármol fuerte para retener.

La emigración de la familia de Gibran tenía un doble punto de fuga: primero, del padre; en segundo lugar, de los turcos. Familiares de Boston (EE UU) sentarían las bases imprescindibles para la instalación en Estados Unidos. Y allá partieron, abandonando al padre, cuando Gibran cuenta apenas once años. Por las trochas de los campos, por medio de los viñedos, la familia llega a Trípoli para dirigirse luego, por la orilla del mar envuelta en el aroma de azahar de los naranjos, hacia Beirut, donde embarcan. Pero antes de Beirut había pueblos con resonancias históricas que luego servirían al «profeta»; ante todo Biblos, centro de una región en la que los fenicios adoraban a Astarté y donde los romanos, los árabes y los cruzados dejaron huellas de su devastador paso. Para el niño, el viaje a pie supuso —a un lado el Mediterráneo, a otro los restos de esas civilizaciones y la vida de la época libanesa— una enciclopedia de novedades, un ramillete de luces nuevas, de aromas transpasados de esencia que venían, según la Biblia, de los primeros días de la creación.

La familia se instaló en el barrio Chino de Boston, lejos de la rica y culta sociedad bostoniana que pocos años antes frecuentara el gran poeta de América, muerto precisamente hacía dos años: Walt Whitman, otro profeta con una visión del mundo más rica en energía, en tensión y en músculo vital. Paseando por las calles de Boston, el rector de la alta sociedad de la época, el filósofo Ralph Waldo Emerson había insinuado a Whitman la supresión de referencias en sus poemas al amor carnal; en él, en el *Canto de mí mismo*[*] y en *Hojas de hierba,* iba

[*] Walt Whitman, *Canto de mí mismo*, EDAF, Madrid, 1982.

a aprender Gibran ese sentido de la rebeldía y del amor que hizo que su primera obra, *Espíritus rebeldes,* fuera prohibida y quemada en la plaza pública de Beirut, por disposición no solo del Gobierno otomano, sino también de la Iglesia católica maronita, por considerarlo libro «peligroso, revolucionario y venenoso para la juventud». Fue entonces cuando, estando lejos del Líbano, fue desterrado por el Gobierno de su país y excomulgado por su Iglesia. Aunque con el tiempo todo volvió a su cauce, la deuda de Gibran con Whitman, cuyos poemas eran su lectura de cabecera, es inmensa, a pesar de la perspectiva y el enfoque tan distintos. Al fin y al cabo, ambos vivieron, durante cierto tiempo al menos, la dura existencia de la pobreza por las calles de Boston, por sus mercados, por sus plazas públicas, por las orillas de los ríos, donde se arremolinaban los hambrientos y desgraciados. Y si Whitman iba a hacer del lenguaje y los sentimientos de estos humillados y ofendidos un arma arrojadiza, Gibran adoptaría una postura contraria: su mística se orienta en otra dirección, volviendo la espalda a esa realidad hostil y refugiándose en el yo individual, en las entretelas del corazón propio, y no en la garganta que grita y que desprecia, como Whitman hiciera en su juventud. En la vejez, el vate americano también propugnó el viaje hacia las virtudes de Oriente: la paz, el retiro, el sosiego místico.

No residiría Gibran mucho tiempo en Boston: a los dos años es enviado por su madre a Beirut para estudiar en el colegio de Al-Hikmat. Ahí recibe las enseñanzas de la tradición, y se especializa sobre todo en dibujo y pintura. En 1901 pasa por Grecia, Italia y España para conocer París antes de regresar a Boston. París será toda una etapa en su formación pictórica y también en sus inicios literarios, porque precisamente ahí, entre 1901 y 1903, se gesta su primer libro en árabe, *Espíritus rebeldes,* rápidamente denostado y quemado al editarse, como hemos dicho. En plena juventud, crítico y dispensador de energía, Gibran se ve desolado por el dolor íntimo que le aportan varios familiares muertos: primero su hermanastro, luego una de sus hermanas, Sultana, y por fin su madre, el 28 de junio de 1903. Regresa entonces a Boston abandonando sus estudios de pintura para vivir al lado de la única hermana que le queda, Mariana, y de la que no se separará hasta el final.

A partir de ese momento poco más hay reseñable en su vida si dejamos a un lado la pintura y la escritura y un nuevo viaje a París entre 1908 y 1910. Exposiciones y libros, retratos de personajes célebres de la vida americana y ediciones ilustradas por él mismo hasta su muerte, ocurrida el 10 de abril de 1931 en Nueva York. Poco más tarde, sus restos son llevados al Líbano y enterrados en el convento de Mar Sarquís, junto a su Becharre natal. Dejaba tras de sí miles de dibujos, cuadros y apuntes, así como cerca de una veintena de títulos que han alimentado la conciencia de millones de seres en el viejo y el nuevo continente.

* * *

El profeta, reconocida como su obra maestra, fue labor de muchos años. Al parecer, la primera versión en árabe fue iniciada en el periodo de sus estudios en Beirut (1896-1903). Abandonado ese original, durante los cinco años siguientes Gibran volvió a escribir otra versión, también en árabe. Leído el manuscrito a su madre, según su biógrafa Bárbara Young, esta le dijo: «Es muy hermoso, hijo mío, pero no es todavía tiempo de publicarlo». Sobre esos borradores volverá en el periodo 1917-1922, todavía en árabe; pero a partir de entonces elabora en inglés el texto definitivo que publica en

1923. No pararán ahí las peripecias de *El profeta,* libro ideado como una trilogía. Lo seguirían *El jardín del profeta,* póstumo, que apareció al cuidado de Bárbara Young, donde Gibran explica las relaciones del hombre con la naturaleza. Y la tercera parte, *La muerte del profeta,* que en principio iba a tratar de las relaciones del hombre con Dios, no llegó a escribirse.

Libro clave para las «nuevas culturas» que desde entonces se han sucedido en el mundo occidental, *El profeta* expone las teorías de Gibran sobre las relaciones del hombre con el hombre. No debe buscarse en el texto un sistema filosófico cerrado ni coherente porque no trata de serlo; tiene más puntos de unión con los libros religiosos, con los manuales de comportamiento moral del hombre para con los demás y para consigo mismo, teniendo siempre presente su destino final. En efecto, la meta que pretende Gibran es la búsqueda de la felicidad personal, la búsqueda de Dios, pero de un Dios que tiene muchos puntos de contacto con la vieja filosofía árabe. De ahí que en *El jardín del profeta* reniegue de la aparatosidad de la religión, considerando esta como asunto individual, casi como expresión mística del hombre.

> «Hemos oído hablar de Dios. ¿Qué dices tú de Dios y quién es en verdad?», le preguntan en el citado libro discípulos y amigos. A lo que Gibran/Almustafá responde: «Sería más prudente no hablar tanto de Dios, a quien no podemos comprender, y pensar más en nosotros, a quienes sí podemos comprender».

En última instancia, para Gibran, Dios es nosotros mismos; Dios pasa de los remotos mundos donde vive, del empíreo, a la vida cotidiana, hecho prójimo, animal, objeto, naturaleza. A lo largo de los veintisiete capítulos que configuran *El profeta,* se analizan, con una estructura narrativa muy simple, los «temas» esenciales del hombre. Lo vemos abandonando un mundo que no es el suyo, a orillas del mar, para dirigirse, purificado y convertido en voz de la verdad, a sus discípulos, que se limitan a acompañarlo, seguirlo y preguntar sobre el amor, el matrimonio, los hijos, el trabajo, la alegría, la tristeza, el crimen, las leyes, la libertad, la razón, la pasión, el conocimiento de uno mismo, la amistad, el tiempo, el placer, la belleza, la religión, la muerte, etc. En resumidas cuentas, los problemas capitales a que se enfrenta el hombre no de nuestro tiempo, sino de todos los tiempos.

La estructura no puede ser más sencilla. Almustafá, el profeta, es preguntado por el tema apuntado en el título de cada capítulo y él responde evangélicamente, como maestro que adoctrina a sus discípulos enseñando el bien, los caminos rectos, los senderos que llevan a la paz, a la tranquilidad anímica, a la compenetración con los demás, hombres y mujeres, con la naturaleza. Pero no todo es bondad; porque para sanar el mundo, para acabar con la corrupción, el egoísmo, el desamor y la maldad, la bondad sola no basta. De ahí que Gibran abogue en ocasiones por el látigo para enfrentarse a las plagas que sufre el mundo: la ironía y el rechazo de unos valores negativos, que Gibran sitúa por regla general en el exterior. Ese es el camino de la mística; el apartamiento del mundo, la interiorización en el yo hasta «conversar» consigo mismo, único juez, único dios que guía en medio de un nimbo del que se han apartado todas las cosas mundanas; ahí, en esa estratosfera del ser, distanciado de las miserias del cuerpo y de la mente, desde enfermedades a envidias, desde lacras a odios, el individuo puede «realizarse», y por lo tanto ser. Ahí radica la única vida del hombre.

De este modo, Gibran aboga por un sincretismo que reúne dos ideologías: el pensamiento oriental y el occidental, los dos mundos a los que por vida perteneció. Y ese sincretismo lo conduce a una simbiosis de elementos que también pueden vislumbrarse en Nietzsche o en Rabindranath Tagore; la vida se convierte en misticismo, lo existencial se hace purificación. El fuego de ese crisol lo lleva el hombre en sí, hasta el punto de que el individuo contendría en su ser absolutamente todo, desde la naturaleza hasta la divinidad. Gibran alcanza un panteísmo de raíz oriental: «¿No son todos los actos y todos los pensamientos religión?», dirá como resumen de un pensamiento que sintetiza milenios de orientalismo.

Del encuentro con uno mismo nacen las virtudes, la bondad, la fraternidad, y en el fuego catártico de ese encuentro desaparecen la maldad, el pecado, el odio, los egoísmos. Así el alma puede entregarse al amor, incluso al amor carnal, porque la carne está trascendida por el espíritu.

Aunque nada hemos dicho de las relaciones de Gibran con el mundo hispánico, fueron amplias: su amistad con escritores y poetas como José Juan Tablada, con Gabriela Mistral, la temprana lectura que de él hicieron figuras como José de Vasconcelos, Ricardo Baeza o Eugenio D'Ors, señalan de modo suficiente el impacto que causó en las generaciones de intelectuales de las primeras décadas del siglo.

Para concluir, podemos citar los recuerdos que la poeta chilena Gabriela Mistral tenía de la visita que hizo a Gibran dos meses antes de la muerte del poeta árabe. Nada de la enfermedad que ya lo roía advirtió la poeta, y, sin embargo, la impresión que Khalil Gibran causó en ella la conmocionó vivamente:

> En su cerebro llevaba todos los sueños de Oriente, inteligencia penetrante, dulzura infinita, delicadeza y

finura indescriptibles. Mientras le hablaba percibía en sus ojos el brillo del genio y el resplandor del talento. A través de su conversación se asoma nítidamente el espíritu persa. A veces en su rostro se dibuja una energía judaica, transmitida como herencia de Salomón. Es escéptico y duda de todo; esto se manifiesta ampliamente en algunos de sus poemas. En sus palabras hay el sabor de la nuez verde y amarga, que a la vez fructifica y vigoriza. Disputó a Tagore su celebridad, y en la opinión de muchos el libanés es superior. Ama mucho a Oriente, cuyas bellezas tantas veces ha cantado. Se sentía orgulloso en pertenecer a esa tierra.
En mi visita me mostró algunas de sus obras; me leyó sus mejores poemas, y luego, tomando un libro pequeño escrito en árabe, me leyó gran parte de sus poesías. Puedo asegurar que eran verdaderas joyas poéticas, de insuperable belleza.

Mauro Armiño

EL PROFETA

ALMUSTAFÁ, el elegido, el bienamado, aurora de su propio día, había aguardado durante doce años en la ciudad de Orfalís el regreso del barco que debía devolverlo a la isla que lo vio nacer.

Y en el duodécimo año, el séptimo día de Ailul, mes de las cosechas, subió a la colina que se alzaba junto a los muros de la ciudad, y miró el mar: y divisó su barco surgiendo entre la bruma.

Se abrieron entonces de par en par las puertas de su corazón, y dejó volar su júbilo sobre el mar, a lo lejos. Y cerrando los ojos, meditó en el silencio de su alma.

Pero cuando bajaba de la colina una honda tristeza se apoderó de él y pensó en su corazón:

> «¿Cómo podré marcharme en paz y sin pesar?... No... No podré abandonar esta ciudad sin un desgarrón en mi alma.
>
> Muchos han sido los días del dolor que pasé entre sus muros y largas las noches de soledad infinita... ¿Quién puede separarse sin pena de su dolor y de su soledad?
>
> Muchos fragmentos de espíritu he derramado yo en estas calles, y muchos son los hijos de mis anhelos que

caminan desnudos entre estas colinas; ¿cómo alejarme de ellos sin agobio y sin aflicción?

No es una túnica lo que hoy me quito, es una piel lo que desgarro con mis propias manos.

Ni es un corazón suavizado por el hambre y por la sed. Pero más no puedo detenerme.

El mar, que llama todo hacia su seno, me llama ahora a mí, y debo embarcarme.

Porque quedarse aquí, aunque las horas ardan en la noche, es helarse, cristalizarse, quedar preso en un molde. Gustoso llevaría conmigo todo cuanto hay aquí, pero ¿cómo llevármelo?

Una voz no puede llevarse consigo la lengua y los labios que le prestaron alas. Una voz debe buscar el éter.

Y sola, sin su nido, volará el águila desafiando al sol».

Cuando hubo llegado al pie de la colina, miró de nuevo al mar, vio su barco acercándose a puerto, y en la proa marineros, hombres de su propia tierra.

Y su alma desde el fondo les gritó:

«Hijos de mi antigua madre, jinetes de las mareas: ¡cuán a menudo habéis surcado mis sueños!

Y ahora venís en mi despertar, que es mi más profundo sueño.

Dispuesto estoy a partir, y mi impaciencia, con las velas desplegadas, solo aguarda el viento.

> Una vez más, la última, aspiraré una bocanada de este aire quieto, solo una vez más miraré hacia atrás amorosamente.
>
> Y luego estaré entre vosotros, navegante entre los navegantes.
>
> Y tú, ancha mar, madre sin sueño, la única que eres paz y libertad para el arroyo y el río.
>
> Permite un meandro más a esta corriente, un murmullo más a esta cañada; y luego iré a tu encuentro, como gota infinitesimal en un océano sin límites».

Y mientras caminaba veía a lo lejos a los hombres y mujeres dejar sus campos y sus viñas y dirigirse presurosos hacia las puertas de la ciudad.

Y oyó sus voces que lo llamaban por su nombre, y que a gritos, de un campo a otro, se participaban la llegada del barco.

Y se dijo a sí mismo:

> «¿Será acaso el día de la partida el del encuentro?
>
> ¿Será mi crepúsculo en realidad mi aurora?
>
> ¿Y qué ofreceré yo a quien dejó su arado en la mitad del surco, o a quien detuvo la rueda de su lagar?
>
> ¿Se convertirá mi corazón en un árbol cargado de frutos que yo pueda recoger para regalárselos?
>
> ¿Manarán mis deseos como una fuente para que yo llene sus copas?

¿Seré un arpa bajo los dedos del Poderoso, o una flauta por la que fluya su aliento?

Buscador de silencios: eso es lo que soy; mas ¿he hallado acaso en los silencios un tesoro que pueda ofrecer sin desconfianza?

Si es este mi día de cosecha, ¿en qué campos sembré la semilla, y en qué olvidadas estaciones?

Si es esta, en verdad, la hora en que debo levantar mi antorcha, no será mi llama la que arderá en ella.

Vacía y oscura alzaré mi antorcha.

Y el guardián de la noche la llenará de aceite y la encenderá».

En palabras dijo estas cosas. Pero en su corazón quedó mucho sin decir. Ni él mismo podía expresar su secreto más profundo.

Y cuando entró en la ciudad, toda la gente fue a su encuentro y a gritos lo llamaban con voz unánime.

Y los ancianos de la ciudad se acercaron y dijeron:

«No nos abandones todavía.

Fuiste un mediodía en nuestro crepúsculo y tu juventud nos ha enseñado a soñar.

No eres extranjero entre nosotros; tampoco un huésped, sino nuestro hijo y nuestro bienamado.

Que no tengan que sufrir nuestros ojos hambre de tu rostro».

Y los sacerdotes y las sacerdotisas le dijeron:

> «No permitas que las olas del mar nos separen, ni que los años que viviste entre nosotros se conviertan en recuerdo.
>
> Como espíritu has caminado entre nosotros, y tu sombra fue luz sobre nuestros rostros.
>
> Mucho te hemos amado, mas nuestro amor no tuvo palabras, y estuvo cubierto con velos.
>
> Mas ahora clama en voz alta y se alza para revelarse ante ti.
>
> Así ocurrió siempre: el amor no conoce su honda profundidad hasta el momento de la separación».

Y otros vinieron también a suplicarle. Mas él no respondió. Solo se limitó a inclinar la cabeza y quienes estaban a su lado vieron rodar lágrimas por su pecho.

Y él, y la gente con él, se dirigió hacia la gran plaza, frente al templo.

Y del santuario salió una mujer llamada Almitra. Que era vidente.

Y él la miró con inefable ternura, porque fue la primera que lo buscó y creyó en él cuando apenas llevaba un día en la ciudad.

Y ella lo saludó diciendo:

> «Profeta de Dios, buscador de infinitos; mucho tiempo has horadado la distancia en busca de tu barco; ahora

tu barco es llegado, y te urge el partir. Honda es tu nostalgia por la tierra de tus recuerdos, por esa morada de tus mayores deseos. No te atará nuestro amor, no detendrán tu paso nuestras necesidades.

Mas antes de que nos dejes te rogamos que nos hables y nos des el don de tu verdad.

Nosotros se lo daremos a nuestros hijos, y a los hijos de nuestros hijos, y así no perecerá.

En tu soledad ha sido el centinela de nuestros días, y en tu vigilia has oído el llanto y la risa de nuestro sueño.

Por eso ahora te pedimos que nos descubras a nosotros mismos, y nos digas cuanto te ha sido revelado sobre el nacimiento y la muerte».

Y él respondió:

«Pueblo de Orfalís, ¿de qué puedo hablaros sino de lo que en todo momento vibra en vuestras almas?»

Del amor

Y ALMITRA dijo entonces: «Háblanos del amor».

Y él alzó su cabeza, paseó su mirada entre la gente, y se produjo un silencio; entonces con voz fuerte, dijo:

«Cuando el amor os llegue, seguidlo. Aunque sus senderos sean árduos y penosos.

Y cuando os envuelva bajo sus alas, entregaos a él.

Aunque la espada escondida entre sus plumas os hiera.

Y cuando os hable creed en él.

Aunque su voz sacuda vuestros sueños como hace el viento del norte, que arrasa los jardines.

Porque igual que el amor os regala, así os crucifica. Porque así como os hace prosperar, así os siega. Así como se remonta a lo más alto y acaricia vuestras ramas más delicadas que tiemblan al sol, así descenderá hasta vuestras raíces y las sacudirá desarraigándolas de tierra.

Como a mazorcas de maíz os recogerá.

Os desgranará hasta dejaros desnudo.

Os cernerá hasta libraros de vuestro pellejo.

Os molerá hasta conseguir la indeleble blancura.

Os amasará para que lo dócil y lo flexible brote de vuestra dureza.

Y os destinará luego al fuego sagrado, para que podáis convertiros en el sagrado pan para el sagrado festín de Dios.

Todo esto hará el amor con vosotros, para que conozcáis los secretos de vuestro propio corazón y así lleguéis a convertiros en un fragmento del corazón de la Vida.

Mas si vuestro miedo os hace buscar solo la paz y el placer del amor, entonces mejor sería que cubrierais vuestra desnudez y os alejarais de sus umbrales hacia un mundo sin estaciones, donde reiréis, pero no con toda vuestra risa; donde lloraréis, pero no con todas vuestras lágrimas.

El amor no da sino a sí mismo, y nada toma sino de sí mismo.

El amor no posee ni quiere ser poseído. Porque el amor se basta en el amor.

Cuando améis, no digáis: “Dios está en mi corazón”, sino “Estoy en el corazón de Dios”.

Y no creáis que podréis dirigir el curso del amor: será él quien si os halla dignos dirigirá vuestro curso.

El amor no tiene más deseo que realizarse.

Mas si amáis y no podéis evitar tener deseos, que vuestros deseos sean estos:

Fluir y ser como el arroyo que murmura su melodía en la noche.

Conocer el dolor de la excesiva ternura. Caer heridos por vuestro propio conocimiento del amor, y sangrar plena y alegremente.

Despertar al alba con un corazón alado y dar gracias por otro día más de amor.

Reposar al mediodía y meditar sobre el éxtasis amoroso.

Volver al hogar cuando la tarde cae, volver agradecidos.

Y dormir luego con una plegaria por el ser amado en vuestro corazón y con una canción de alabanza en vuestros labios».

Del matrimonio

NUEVAMENTE Almitra habló y dijo: «¿Qué tienes que decirnos del matrimonio, Maestro?».

Y esta fue su respuesta:

«Nacisteis juntos y juntos permaneceréis para siempre.

Aunque las blancas alas de la muerte dispersen vuestros días.

Juntos estaréis en la memoria silenciosa de Dios.

Mas dejad que en vuestra unión crezcan los espacios.

Y dejad que los vientos del cielo dancen entre vosotros.

Amaos uno a otro, mas no hagáis del amor una prisión.

Mejor es que sea un mar que se mezca entre las orillas de vuestra alma.

Llenaos mutuamente las copas, pero no bebáis solo en una.

Compartid vuestro pan, mas no comáis de la misma hogaza.

Cantad y bailad juntos, alegraos, pero que cada uno de vosotros conserve la soledad para retirarse a ella a veces.

Hasta las cuerdas de un laúd están separadas, aunque vibren con la misma música.

Ofreced vuestro corazón, pero no para que se adueñen de él.

Porque solo la mano de la Vida puede contener vuestros corazones.

Y permaneced juntos, mas no demasiado juntos:

Porque los pilares sostienen el templo, pero están separados.

Y ni el roble ni el ciprés crecen el uno a la sombra del otro».

De los hijos

Y una mujer que estrechaba una criatura contra su seno se acercó y dijo: «Háblanos de los hijos».

Y él respondió:

«Vuestros hijos no son vuestros hijos.

Son los hijos y las hijas del anhelo de la Vida, ansiosa por perpetuarse.

Por medio de vosotros se conciben, mas no de vosotros.

Y aunque estén a vuestro lado, no os pertenecen. Podéis darles vuestro amor; no vuestros pensamientos: porque ellos tienen sus propios pensamientos.

Podéis albergar sus cuerpos; no sus almas: porque sus almas habitan en la casa del futuro, cerrada para vosotros, cerrada incluso para vuestros sueños.

Podéis esforzaros por ser como ellos, mas no tratéis de hacerlos como vosotros: porque la vida no retrocede ni se detiene en el ayer.

Sois el arco desde el que vuestros hijos son disparados como flechas vivientes hacia lo lejos.

El Arquero es quien ve el blanco en el camino del infinito, y quien os doblega con Su poder para que Su flecha vaya rauda y lejos. Dejad que vuestra tensión en manos del arquero se moldee alegremente. Porque así como Él ama la flecha que vuela, así ama también el arco que se tensa».

De las dádivas

ENTONCES un hombre rico dijo: «Háblanos de las dádivas».

Y él respondió:

«Dais muy poco cuando lo que dais es de vuestro patrimonio.

Solo dais realmente cuando dais algo de vosotros mismos.

¿Qué son vuestras posesiones sino cosas que atesoráis por temor a necesitarlas mañana?

Y mañana, ¿qué traerá el mañana al perro previsor que entierra huesos en la arena no tocada mientras sigue a los peregrinos hacia la ciudad santa?

Y ¿qué es el temor a la necesidad sino la necesidad misma?

Cuando el pozo está lleno, ¿no es realmente el miedo a la sed una sed insaciable?

Algunos dan un poco de lo mucho que tienen, y lo dan buscando el agradecimiento: ese deseo oculto convierte sus dádivas en algo sin valor.

Algunos tienen poco, y lo dan todo.

Estos son los que creen en la vida y en la generosidad de la vida: su cofre nunca está vacío.

Algunos dan con placer, y ese placer es su recompensa.

Algunos dan con dolor, y ese dolor es su bautismo.

Algunos dan y no conocen el dolor de dar, ni buscan el placer de dar, ni lo dan conscientes de la virtud de dar.

Dan como el mirto en el valle que ofrece su fragancia al aire.

Por las manos de los que son como esos seres habla Dios, y desde el fondo de sus ojos Dios sonríe sobre el mundo.

Bueno es dar cuando os piden, pero mejor es dar antes, movidos del propio corazón.

Y para el hombre de puño abierto, la búsqueda del menesteroso es mayor placer aún que el dar.

¿Y hay algo vuestro que pueda guardarse? Todo cuanto tenéis será dado algún día.

Dad pues ahora, para que la estación de las dádivas sea vuestra y no de vuestros herederos.

A menudo decís: Yo daría, pero solo a quien lo merezca.

Los árboles de vuestro huerto no hablan así, ni los rebaños de vuestros campos.

Dan para poder vivir, porque guardar es morir.

Porque quien es digno de recibir sus días y sus noches merece recibir de vosotros todo lo demás.

Y quien mereció beber el océano de la vida, merece llenar su copa en vuestro arroyuelo.

¿Hay merecimiento mayor que el de quien da el valor y la confianza —no la caridad— de recibir?

¿Y quién sois vosotros para que los hombres os muestren su seno y os descubran su soberanía, quién sois para atreveros a ver al desnudo sus méritos y su dignidad?

Mirad primero si merecéis ser donadores y los instrumentos de la dádiva.

Porque en verdad, es la vida la que da a la vida, mientras que vosotros que os creéis dadores no sois más que testigos.

Y vosotros los que recibís —todos sois receptores— no asumáis sobre vosotros el peso de la gratitud, para no uncir con un mismo yugo a vosotros y a quien os da.

Alzaos junto con el donante cuando da por encima de sus dádivas como sobre alas.

Porque exagerar vuestra gratitud es dudar de su generosidad, que tiene por madre a la tierra de corazón abierto y a Dios por padre».

De la comida y de la bebida

ENTONCES un anciano posadero dijo: «Háblanos de la comida y la bebida».

Y él respondió:

> «Ojalá pudierais vivir de la fragancia de la tierra, y ser como las plantas aéreas sustentadas por la luz. Pero ya que debéis matar para comer, y robar al recién nacido la leche materna para saciar vuestra sed, haced que estos sean actos de adoración.
>
> Y haced que vuestra mesa sea un altar donde se sacrifiquen los puros y los inocentes del bosque y la pradera en aras de lo que todavía hay de más puro e inocente en el hombre.
>
> Cuando matéis un animal, decidle en vuestro corazón: Por el mismo poder que se sacrifica, también yo seré sacrificado e igualmente consumido.

La misma ley que te ha puesto en mis manos me dejará a mí en manos más poderosas.

Tu sangre y la mía no son sino la savia que alimenta el árbol del cielo».

Y cuando mordáis una manzana, decidle en vuestro corazón:

«Tus semillas habitarán en mi cuerpo.

Y las yemas de tu mañana florecerán en mi corazón.

Y tu fragancia será mi aliento.

Y juntos gozaremos en las estaciones de la eternidad.»

Y en el otoño, cuando cosechéis las uvas de vuestras viñas para guardarlas en el lagar, decidles en vuestro corazón:

«También yo soy una viña, y mi fruto será llevado al lagar.

Y como vino nuevo seré guardado en odres eternos. Y en invierno, cuando apuréis el vino, haced que en vuestro corazón haya siempre un canto para cada copa.

Y dejad que en ese canto vibre un momento el recuerdo de los días otoñales, un recuerdo de la viña y del lagar».

Del trabajo

LUEGO un labrador dijo: «Háblanos del trabajo».

Y él respondió:

«Trabajáis para ir al ritmo de la tierra y del alma de la tierra.

Porque permanecer ocioso es ser un extraño para las estaciones y desertar del cortejo de la vida, que camina con majestad y orgullosa sumisión hacia el infinito.

Cuando trabajáis sois una flauta a través de cuyo corazón el murmullo de las horas se convierte en melodía.

¿Quién de vosotros querría ser un caramillo mudo y silente mientras todo lo demás canta al unísono?

Siempre os han dicho que el trabajo es maldición, y el laboreo un infortunio.

Mas yo os digo que cuando trabajáis cumplís una parte del más remoto sueño de la tierra, una parte que os fue asignada a vosotros cuando el sueño nació.

Y trabajando estáis en verdad amando a la vida.

Y amar a la vida mediante el trabajo es estar en intimidad con el secreto más recóndito de la vida.

Mas si en vuestra aflicción llamáis dolor al nacimiento y maldición escrita sobre vuestra frente a lo que sostiene la carne, entonces os contesto que solo el sudor de vuestra frente lavará lo que en ella está escrito.

Os han dicho también que la vida es oscuridad, y en medio de vuestro cansancio no hacéis sino repetir, como eco, lo que dijo el hastiado.

Mas yo os digo que en verdad la vida es oscuridad cuando no hay actividad ninguna.

Que toda actividad es ciega cuando no hay conocimiento.

Que todo conocimiento es vano cuando no hay trabajo.

Que todo trabajo es vacío cuando no hay amor. Porque cuando trabajáis con amor estáis en armonía con vosotros mismos, y con los demás, y con Dios.

Y ¿qué es trabajar con amor?

Es tejer la tela con hilos extraídos de vuestro corazón, como si vuestro ser amado fuera a usar esa tela.

Es levantar una morada con cariño, como si el ser más amado por vosotros fuera a vivir en ella.

Es sembrar con ternura y cosechar con alegría, como si el ser más amado por vosotros fuera a alimentarse con los frutos.

Es infundir en todas las cosas que creáis el aliento de vuestro propio espíritu.

Y saber que todos los muertos queridos están a vuestro lado, y os observan.

Con frecuencia os he oído decir, como si hablaseis en sueños:

"Quien trabaja en el mármol y talla en la piedra la forma de su propio alma, es más noble que quien ara los surcos.

Y quien rapta el arcoíris para plasmar sus colores sobre una tela a imagen de un hombre, es más que quien hace las sandalias".

Mas yo os digo, no en sueños, sino cuando más despierto estoy, que el viento habla con igual dulzura a los gigantescos robles que a las hierbas más insignificantes; y que solo es grande quien transforma la voz del viento en melodía, más dulce aún gracias por su propia capacidad de amar.

El trabajo es amor hecho presencia.

Y si no podéis trabajar con amor, sino con disgusto, mejor es que dejéis vuestra tarea y os sentéis a la puerta del templo para pedir limosna a quienes trabajan con gozo.

Porque si amasáis el pan con indiferencia, estáis haciendo un pan amargo que solo a medias aplacará el apetito de un hombre.

Y si pisáis las uvas de mala gana, vuestra desgana destila veneno sobre el vino.

Y aunque cantéis como los ángeles, si no amáis el canto estáis impidiendo que los oídos del hombre escuchen las voces del día y las voces de la noche».

De la alegría y de la tristeza

ENTONCES fue una mujer la que pidió: «Háblanos de la alegría y la tristeza».

Y él respondió:

«Vuestra alegría es vuestra tristeza sin máscara.

Y el mismo pozo del que mana vuestra risa, ha estado con frecuencia lleno de vuestras lágrimas.

¿Cómo podría ser de otra manera?

Cuanto más profundo ahonde el pesar en vuestro corazón, más alegría podrá contener.

La copa que contiene vuestro vino, ¿no es la misma que estuvo quemándose en el horno del alfarero?

Y el laúd que serena vuestro ánimo, ¿no es la misma madera que fue excavada con cuchillos?

Cuando tembléis de alegría, mirad en lo hondo de vuestro corazón y comprobaréis entonces que solo lo que os ha dado tristeza os está devolviendo alegría.

Cuando tembléis de tristeza, mirad nuevamente en vuestro corazón, y comprobaréis que estáis llorando por lo que antes fuera vuestra alegría.

Algunos de vosotros soléis decir: "La alegría es superior a la tristeza", y otros: "No, la tristeza es superior".

Mas yo os digo que ambas son inseparables.

Juntas llegan, y cuando una se sienta a vuestro lado en la mesa, la otra espera durmiendo en vuestra cama.

Realmente estáis como el fiel de la balanza entre vuestra alegría y vuestra tristeza.

Solo cuando estáis vacíos vuestro peso está quieto y en equilibrio.

Cuando el guardián del tesoro os llame para pesar su oro y su plata, vuestra alegría o vuestra tristeza harán oscilar a un lado o a otro el fiel de la balanza».

De las casas

SE ADELANTÓ un albañil y dijo: «Háblanos de las casas».

Y él respondió:

«Levantad con vuestra imaginación una enramada en la selva, mejor que construir una casa dentro de las murallas de la ciudad.

Porque aunque en vuestro ocaso sintáis deseos de hogar, de igual manera ese otro yo vagabundo que en vosotros habita anhelará siempre la lejanía y la soledad.

Vuestro cuerpo es vuestra mayor morada.

Crece bajo el sol y duerme en la quietud de la noche. Y sueña. ¿No sueña acaso vuestra morada?

¿No abandona soñando la ciudad para buscar el bosquecillo o la cima de la colina?

¡Ay, si yo pudiera juntar vuestras moradas en mi mano y, como hace el sembrador, desparramarlas por bosques y praderas!

Querría que los valles fueran vuestras avenidas, y los verdes caminos vuestras callejuelas, para que pudierais buscaros unos a otros por los viñedos y luego volvierais con la fragancia de la tierra prendida a vuestras ropas.

Pero aún no es la hora de que esto suceda.

En su miedo vuestros antepasados os pusieron demasiado cerca unos de otros. Ese miedo todavía ha de durar. Durante cierto tiempo aún las murallas de vuestra ciudad separarán vuestros hogares de vuestros campos.

Y decidme, pueblo de Orfalís, ¿qué tenéis en esas casas? ¿Qué guardáis tras puertas y candados?

¿Tenéis paz, el ánimo sereno que revela vuestro poder?

¿Tenéis recuerdos que como lucientes arcos unen las cimas de la mente?

¿Tenéis la belleza, que lleva el corazón desde las casas hechas en madera y piedra hasta la montaña sagrada?

Decidme: ¿tenéis eso en vuestras casas?

¿O solamente comodidades, y ansia de comodidad que a escondidas penetra en la casa como advenedizo y luego se convierte en invitado y finalmente en amo y señor?

Y ¡ay!, llega a ser el domador, y con látigo y garfio hace marionetas de vuestros mayores deseos. Sus manos son de seda, mas su corazón de hierro.

Arrulla vuestro sueño, mas solo para colocarse junto a vuestro lecho y escarnecer la dignidad de la carne.

Se burla de vuestros sentidos para tirarlos luego en el cardal como si fueran frágiles barquillas.

En verdad os digo que la concupiscencia de comodidad mata la pasión del alma, y luego acompaña entre muecas y risas el funeral.

Mas vosotros, criaturas del espacio, vosotros, los inquietos en el descanso, no seréis atrapados ni domados.

Vuestra casa no será ancla, sino mástil.

No será la cinta brillante que cubre la herida, sino el párpado que protege la pupila.

No plegaréis las alas para cruzar las puertas, ni inclinaréis vuestra cabeza para no golpearla contra el techo, ni temeréis respirar por miedo a que las paredes se agrieten y derrumben.

No habitaréis tumbas hechas por los muertos para los vivos.

Y aunque vuestra casa sea magnífica y espléndida, no aprisionará vuestro secreto ni encerrará vuestros anhelos.

Porque lo que en vosotros es infinito, habita en la casa del cielo, cuya puerta es la niebla de la mañana y cuyas ventanas son los cantos y los silencios de la noche».

De la vestimenta

UN TEJEDOR pidió: «Háblanos de la vestimenta».

Y él respondió:

«Vuestras ropas ocultan mucho de vuestra belleza, mas no esconden lo que no es bello.

Y aunque busquéis en las prendas de vestir la libertad de lo personal, quizá halléis en ellas un arnés y una cadena.

Ojalá fuerais al encuentro del sol con algo más de vuestra piel y algo menos de vuestras ropas.

Porque el aliento de la vida palpita en la luz del sol, y la mano de la vida en el viento.

Algunos decís: "Es el viento del norte el que ha tejido las ropas que llevamos".

Mas yo os digo: Sí, fue el viento del norte.

Pero lo tejió en el telar de la vergüenza, y la debilidad de carácter fueron sus hijos.

Y cuando su trabajo estuvo terminado, se echó a reír en medio del bosque.

No olvidéis que el pudor no es ninguna coraza contra los ojos del impuro.

Y cuando el impuro ya no exista, ¿qué será el pudor sino cadenas e impureza de la mente?

Y no olvidéis que la tierra goza al sentir vuestros pies desnudos, y que el viento anhela jugar con vuestros cabellos».

De la compra y de la venta

Y UN MERCADER dijo: «Háblanos de la compra y de la venta».

Y él respondió:

«La tierra os brinda sus frutos, y con solo que aprendáis a llenar vuestras manos no pasaréis necesidades.

Y en el intercambio de los frutos de la tierra hallaréis abundancia y satisfacción.

Pero si el intercambio no se hace con amor y bondadosa justicia, llevará a unos a la codicia, a otros al hambre.

Cuando vosotros, mercaderes del mar, de los campos y de los viñedos, encontréis en el mercado a tejedores, alfareros y cosecheros de especias, invocad al espíritu de la tierra para que os acompañe en los tratos y santifique las balanzas y medidas, y para que tase la recíproca relación de los valores.

Y no permitáis que el hombre de manos estériles participe en vuestros tratos, porque trataría de vender sus palabras al precio de vuestro trabajo.

A esos hombres decidles:

> Venid con nosotros a los campos, o id con nuestros hermanos al mar, y arrojad vuestras redes.
>
> Porque tierra y mar serán tan generosos con vosotros como lo son con nosotros.

Y si acudieran los cantores y los bailarines y los tañedores de flauta, no dejéis de comprar lo que os ofrezcan.

Porque también ellos son colectores de frutos y de inciensos, y lo que traen, aunque está hecho de sueños, es abrigo y alimento para vuestro espíritu.

Y antes de abandonar el mercado, comprobad que nadie se vuelve con las manos vacías.

Porque el espíritu de la tierra no dormirá en paz sobre el viento hasta no ver satisfechas las necesidades del más pequeño de vosotros».

Del crimen y del castigo

Y UNO DE LOS JUECES de la ciudad, adelantándose, dijo: «Háblanos del crimen y del castigo».

Y él respondió:

«Cuando vuestro espíritu vaga en el viento, entonces, solos y desprevenidos, cometéis una falta con los demás, y por lo tanto con vosotros mismos.

Y por ese error cometido, debéis llamar a la puerta del bienaventurado, y esperar un instante.

Como el inmenso mar es el dios de vuestro yo; siempre se mantiene libre de mancha.

Y como el éter, solo eleva a lo que tiene alas.

Como el sol es el dios de vuestro yo: no conoce las galerías del topo ni los agujeros donde se guarece la serpiente.

Pero el dios de vuestro yo no habita solo en vuestro ser.

En vosotros todavía hay mucho que es hombre, y mucho que todavía no lo es, una forma grotesca que camina dormida entre la niebla en busca de su propio despertar.

Y del hombre que hay en vosotros quisiera hablar ahora.

Porque es él, y no el dios de vuestro yo ni la forma grotesca que camina entre la niebla, la que conoce el crimen y el castigo del crimen.

A menudo os he oído decir del hombre que comete un delito, como si él no fuera uno de vosotros sino un extraño y un intruso en vuestro mundo.

Mas yo os digo que, de igual forma que el más santo y el más justo no puede elevarse por encima de lo más sublime que existe en cada uno de vosotros, tampoco el débil y el malvado pueden caer más abajo de lo más bajo que existe en cada uno de vosotros.

Y de igual forma que ni una sola hoja se torna amarilla sin el silente conocimiento del árbol todo, tampoco el malvado puede hacer el mal sin la oculta voluntad de todos vosotros.

Como en peregrinación, camináis todos juntos hacia el dios de vuestro yo. Vosotros sois el camino y el caminante.

¡Ay! Y cae por quienes le precedieron, por aquellos que más ágiles y seguros en su paso no apartaron sin embargo el obstáculo del camino.

Y sabed esto también, aunque mis palabras hieran con fuerza vuestros corazones.

El asesinado es también responsable de su propio asesinato.

Y el robado es también responsable de su propio robo.

Y el justo no es inocente de los actos del malvado. Y el puro no es ajeno a los actos del felón.

Sí, porque muchas veces el condenado es víctima del ofendido. Y con más frecuencia aún, el reo carga con la culpa del inocente y del puro.

No podéis separar al justo del injusto, ni al bueno del malvado.

Porque juntos están frente al rostro del sol, de igual forma que el hilo blanco y el hilo negro están juntos en la trama del tejido.

Y cuando el hilo negro se rompe, el tejedor revisa la tela entera, y también el telar.

Si alguien de vosotros llevara a juicio a la mujer infiel, poned también en la balanza el corazón de su marido, y pesad también en la balanza la verdad de su alma.

Y haced que quien quiera castigar al ofensor escudriñe bien antes el espíritu del ofendido.

Y si alguno de vosotros quisiera castigar en nombre de la justicia, y descargar el hacha contra el tronco malo, haced que mire bien sus propias raíces.

Y en verdad os digo que encontrará las raíces del bien y del mal, de lo fructífero y de lo estéril juntas y entretejidas en el silente corazón de la tierra.

Y vosotros, jueces, que pretendéis ser justos.

¿Qué sentencia pronunciareis contra quien, aunque honesto según la carne, es ladrón en espíritu?

¿Qué condena impondréis a quien asesina según la carne, cuando él mismo ha sido muerto en el espíritu?

Y ¿cómo juzgaréis a quien en sus acciones es impostor y tirano, si a su vez también es ofendido y humillado?

Y ¿cómo castigaríais a aquellos cuyo remordimiento es mayor ya que su delito?

¿No es remordimiento la justicia administrada según la ley misma que deseáis servir?

Y sin embargo, no podréis imponer el remordimiento en el corazón del inocente, ni hacerlo desaparecer del corazón del culpable.

Vendrá en la noche, espontáneamente y sin ser invitado, para que los hombres despierten y escruten su propio corazón.

Y vosotros, los que os pretendéis llamados a entender de lo justo y de lo injusto, ¿cómo podríais hacerlo si no miráis todos los hechos a plena luz del día?

Solo así podríais saber que tanto el que está en pie como el caído no son sino un solo y mismo hombre, de pie en el crepúsculo, entre la noche de su yo grotesco y el día del dios de su yo.

Y que la piedra angular del tiempo no es superior a la piedra más hundida que hay en sus cimientos».

De las leyes

ENTONCES un jurista preguntó: «Maestro, ¿qué nos decís de nuestras leyes?».

Y él respondió:

«Os deleitáis haciendo leyes.

Y os deleitáis más aún quebrantándolas.

Como esos niños que jugando junto al mar levantan con paciencia castillos de arena, que luego destruyen entre risas.

Sin embargo, mientras levantáis vuestros castillos de arena, la mar trae más arena a la playa.

Y cuando los destruís, el mar se ríe con vosotros.

En verdad os digo que el mar ríe siempre con el inocente.

Mas ¿qué sucede con aquellos para quienes la vida no es un mar, ni las leyes de los hombres son castillos de arena; con aquellos para quienes la vida es una roca, y la ley un cincel con el que pueden grabar su propia figura en la roca?

¿Qué sucede con el paralítico que odia a los danzantes?

¿Qué sucede con el buey que ama su yugo y juzga al alce y al ciervo de las selvas vagabundos sin ley?

¿Qué sucede con la vieja serpiente que no puede mudar piel y llama desnudas y desvergonzadas a las otras?

¿Qué sucede con quien llega temprano a la fiesta de bodas, y una vez que se cansó y hartó de comer, se marcha diciendo que todas las fiestas son violaciones, y que los invitados son violadores de la ley?

¿Qué puedo decir de ellos, salvo que reciben como todos la luz del sol, pero de espaldas?

Solo ven sus sombras, y sus sombras son sus leyes.

¿Qué es para ellos el sol sino crisol de sombras?

¿Y qué es acatar las leyes, sino encorvarse para rastrear las sombras sobre la tierra?

Mas, a vosotros que camináis de cara al sol, ¿qué sombras dibujadas en el suelo pueden deteneros?

A vosotros que viajáis con el viento, ¿qué veleta os marcará vuestro camino?

¿Qué ley humana será capaz de ataros si rompéis vuestro yugo, mas no contra la puerta de las prisiones levantadas por los hombres?

¿Qué ley habéis de temer si al danzar no tropezáis con las cadenas de hierro de los hombres?

Y ¿quién os llevará ante los jueces si desgarráis vuestras vestiduras pero no las abandonáis en el campo de hombre alguno?

Pueblo de Orfalís: Podéis cubrir el tambor, podéis aflojar las cuerdas de la lira; mas, ¿quién impedirá a la alondra del cielo cantar?».

De la libertad

Y UN ORADOR dijo: «Háblanos de la libertad».

Y él respondió:

«A las puertas de la ciudad y junto al fuego de vuestros hogares, os he visto de rodillas adorando vuestra propia libertad.

Como esclavos que se humillan ante el tirano y lo ensalzan mientras él los martiriza.

Sí, en el jardín del tiempo, a la sombra de la ciudadela, he visto a los más libres de vosotros llevar vuestra libertad como un yugo, como un dogal.

Y mi corazón sangró en mi interior: porque solo seréis libres cuando el deseo de la libertad no sea un arnés para vosotros, y cuando dejéis de hablar de libertad como de una meta y de un logro.

Seréis libres de verdad cuando vuestros días no transcurran sin preocupaciones, cuando vuestras noches no estén vacías de necesidad ni de pena.

Lo seréis cuando esas cosas acosen por todas partes vuestra vida y desnudos y sin ataduras consigáis sobreponeros a ellas.

Mas ¿cómo podréis elevaros sobre vuestros días y vuestras noches sin romper antes las cadenas que atasteis, en el amanecer de vuestro entendimiento, alrededor de vuestro mediodía?

En verdad que eso que llamáis libertad es la más fuerte de vuestras cadenas, aunque sus eslabones relumbren al sol y deslumbren vuestros ojos.

Y ¿qué si no fragmentos de vuestro propio yo es lo que queréis desechar para poder ser libres?

Si lo que queréis abolir es una ley injusta, debéis saber que esa ley fue escrita por vuestra propia mano sobre vuestra propia frente.

No conseguiréis borrarla quemando vuestros códigos ni lavando las frentes de vuestros jueces, aunque vaciéis todo un mar sobre ellas.

Y si es a un tirano a quien queréis destronar, cuidad para que el trono que le habéis erigido en vuestro interior sea también destruido.

Porque, ¿cómo puede el tirano someter al libre y al altivo, si en su propia libertad no hay tiranía, ni vergüenza en su propio orgullo?

Y si es una inquietud lo que queréis borrar, esa inquietud fue elegida por vosotros, nadie os la impuso. Y si es un miedo lo que queréis borrar, sabed que el sitial del miedo está en vuestro corazón y no en el puño del temido.

En Verdad que todas las cosas se agitan dentro de vosotros en constante abrazo: las cosas que deseáis y las cosas que teméis; las cosas que rechazáis y las que amáis, las cosas que perseguís y las que evitáis.

Todas esas cosas se agitan dentro de vosotros como luces y sombras acopladas.

Y cuando la sombra se desvanece, la luz que queda se convierte en sombra de otra luz.

Y así vuestra libertad, cuando pierde sus cadenas, se convierte en cadena de otra libertad mayor».

De la razón y de la pasión

Y LA SACERDOTISA habló de nuevo: «Háblanos de la razón y de la pasión».

Y él respondió diciendo:

«Vuestra alma es a menudo campo de batalla en el que vuestra razón y vuestro juicio combaten contra vuestra pasión y vuestros apetitos.

Desearía ser yo el pacificador de vuestra alma, y convertir la discordia y el enfrentamiento de vuestros elementos en unidad y armonía.

Mas, ¿cómo podría hacerlo sin que vosotros mismos fuerais los pacificadores, los amantes de todos vuestros elementos?

La razón y la pasión son el timón y las velas de vuestra alma navegante.

Si vuestras velas o vuestro timón se rompen, no podríais sino flotar e ir a la deriva, o quedar inmóviles en la inmensidad del mar.

Porque si la razón gobierna sola es una fuerza que limita; y la pasión desgobernada es una llama que arde hasta su propia destrucción.

Por tanto, dejad que vuestra alma exalte, alce vuestra razón hasta la altura de la pasión, para que esta pueda cantar.

Y dejadla dirigir vuestra pasión con el razonamiento, para que aquella pueda vivir en su diaria resurrección y como el ave fénix renacer de sus propias cenizas.

Quisiera que considerarais vuestro juicio y vuestro apetito como dos huéspedes queridos.

En verdad que no rendiríais más honores a uno que a otro, porque quien atiende más a uno que a otro acaba perdiendo el afecto y la confianza de ambos.

Cuando en las colinas os sentéis a la sombra fresca de los álamos, compartiendo la paz y la tranquilidad de los campos y las praderas distantes, dejad que vuestro corazón diga en silencio: "Dios descansa en la razón".

Y cuando llegue la tormenta, y el huracanado viento sacuda el bosque y el trueno y el relámpago proclamen la majestad de los cielos, dejad que vuestro corazón sobrecogido diga: "Dios obra en la pasión".

Y puesto que vosotros sois un soplo en la esfera de Dios y una hoja en la selva de Dios, descansad en la razón y obrad en la pasión».

Del dolor

Y UNA MUJER pidió entonces: «Háblanos del dolor».

Y él respondió:

«Vuestro dolor es la eclosión de la envoltura que encierra vuestro entendimiento.

De igual modo que la semilla del fruto debe romperse para que su corazón salga al sol, así vosotros debéis conocer el dolor.

Y aunque lograrais mantener vuestro corazón como siempre habéis aceptado las estaciones que pasan sobre vuestros campos.

Y serenos velaríais en los inviernos de vuestro dolor. Muchas de vuestras aflicciones las habéis escogido vosotros mismos.

Son el remedio amargo con que el médico que todos llevamos dentro cura vuestras enfermedades. Por tanto, confiad en el médico y bebed su remedio en silencio, tranquilamente.

Porque su mano, aunque dura y pesada, está guiada por la mano tierna del Invisible.

Y la copa que brinda ha sido modelada, aunque queme vuestros labios, con la arcilla que el Alfarero humedeció con sus propias lágrimas sagradas».

Del conocimiento de uno mismo

Y ENTONCES un hombre dijo: «Háblanos del conocimiento de uno mismo».

Y él respondió:

«En silencio, vuestros corazones saben los secretos de los días y de las noches.

Mas vuestros oídos ansían escuchar el eco del conocimiento de vuestro corazón.

Quisierais saber en palabras lo que siempre supisteis en pensamiento.

Quisierais tocar con vuestros dedos el desnudo cuerpo de vuestros sueños. Y es bueno que así sea.

El recóndito manantial de vuestra alma necesita brotar y correr murmurando hacia el mar.

Y el tesoro de vuestra profundidad infinita se revelaría entonces a vuestros ojos.

Mas no tratéis de pesar en balanzas vuestro tesoro desconocido.

Ni exploréis las profundidades de vuestro conocimiento con cayados ni sondas.

Porque el yo es un mar infinito, inconmensurable. No digáis: "He hallado la verdad", sino: "He hallado una verdad".

No digáis: "He encontrado la senda del alma". Decid más bien. "He encontrado al alma caminando por mi senda".

Porque el alma camina por todas las sendas.

El alma no va en línea recta, ni crece como una caña.

El alma se despliega como un loto de innumerables pétalos».

De la enseñanza

ENTONCES un maestro dijo: «Háblanos de la enseñanza».

Y él respondió:

«Nadie puede revelaros nada que no yazga aletargado en el amanecer de vuestro conocimiento.

El maestro que pasea a la sombra del templo entre sus discípulos no da su sabiduría, sino más bien su fe y su afecto.

Si es de verdad sabio, no os obligará a que entréis en la casa de su sabiduría: os guiará solo hasta el umbral de vuestro propio espíritu.

El astrónomo puede hablaros de su conocimiento del espacio, mas no podrá daros ese conocimiento mismo.

El músico podrá describiros el ritmo que existe en todo ámbito, pero no podrá daros el oído que capta ese ritmo ni la voz que le da eco.

Y quien está versado en la ciencia de los números, podrá hablaros de las relaciones, entre el peso y la medida, pero no podrá conduciros a ellas.

Porque la visión de un hombre no presta sus alas a otro hombre.

Y de igual forma que cada uno de vosotros se halla solo en el conocimiento de Dios, así cada uno de vosotros debe estar solo en su conocimiento de Dios y en su conocimiento de la tierra».

De la amistad

Y UN JOVEN dijo: «Háblanos de la amistad».

Y él respondió:

«Vuestro amigo es la respuesta a vuestras necesidades. Él es el campo que sembráis con amor y cosecháis con agradecimiento.

Él es vuestra mesa y el fuego de vuestro hogar.

Porque os acercáis a él con vuestro hambre, y lo buscáis sedientos de paz.

Cuando vuestro amigo os manifieste su pensamiento, no temáis el "no" en vuestra cabeza, ni retengáis el "sí".

Y cuando él permanezca en silencio, que vuestro corazón no deje de oír su corazón.

Porque en la amistad, todos los pensamientos, todos los deseos, todas las esperanzas nacen y se comparten con gozo y sin alardes.

Cuando os alejéis de vuestro amigo, no sintáis dolor.

Porque lo que más amáis en él quizá esté más claro en su ausencia, igual que la montaña es más clara desde el llano para el que quiere subirla.

Y no permitáis que haya en la amistad otro interés que el que os lleve a profundizar en el espíritu. Porque el amor que no busca más que la revelación de su propio misterio no es amor, sino una red tendida que solo recoge la pesca inútil.

Que lo mejor de vosotros sea para vuestro amigo.

Si ha de conocer el flujo de vuestra marea, que también conozca su reflujo.

Porque, ¿qué amigo sería aquel que tuvierais que buscaros para matar las horas?

Buscadlo para vivir las horas.

Porque existe para colmar vuestra necesidad, no vuestro vacío.

Y haced que en la dulzura de la amistad haya risa y placeres compartidos.

Porque en el rocío de las cosas pequeñas, el corazón encuentra su alborada y se refresca».

De la conversación

Y UN HUMANISTA dijo: «Háblanos de la conversación».

Y él respondió:

«Habláis cuando dejáis de estar en paz con vuestros pensamientos.

Y cuando no podéis morar por más tiempo en la soledad de vuestro corazón, vivís en vuestros labios; y el sonido es entonces diversión y pasatiempo.

Y en la mayoría de vuestras charlas, vuestro pensamiento es asesinado en parte.

Porque el pensamiento es un pájaro del aire libre que en una jaula de palabras puede desplegar las alas, pero no volar.

Algunos de vosotros buscáis quien os hable por miedo a sentiros solos.

El silencio de la soledad descubre ante sus ojos la propia desnudez, y entonces quieren escapar.

Y hay otros que hablan sin conocimiento ni tino, y revelan una verdad que ni siquiera ellos conocen.

Y hay otros que poseen la verdad en su interior, pero no la traducen con palabras.

En el pecho de estos el espíritu reside en medio de un silencio rítmico.

Cuando encontréis a un amigo en el camino o en el mercado, dejad que el espíritu mueva vuestros labios y guíe vuestra lengua.

Que la voz de vuestra voz hable al oído de su oído.

Porque su alma guardará la verdad de vuestro corazón como se guarda en la memoria el sabor del vino, cuando su color ya se ha olvidado y el vaso ya no existe».

Del tiempo

Y UN ASTRÓNOMO dijo: «Maestro, ¿qué nos puedes decir del tiempo?».

Y él respondió:

«Querríais medir el tiempo, infinito e inconmensurable.

Querríais ajustar vuestra conducta, e incluso dirigir la marcha de vuestro espíritu, de acuerdo con las horas y estaciones.

Desearíais hacer del tiempo un río y sentaros a su orilla para observar su corriente.

Sin embargo, lo infinito que hay en vosotros conoce la infinitud de la vida.

Y sabe que el ayer es solo la memoria de hoy, y el mañana el sueño del hoy.

Y que lo que en vosotros canta y piensa mora en los límites de aquel primer momento que diseminó las estrellas por el espacio.

¿Quién de entre vosotros no siente que su capacidad de amar es ilimitada?

Y a pesar de ello, ¿quién no siente ese mismo amor, rodeado, aunque sin límites, en el centro de su ser, y sin ir de un pensamiento de amor a otro pensamiento de amor, ni de un acto de amor a otro acto de amor?

¿Y como el amor, no es el tiempo indivisible e inconmensurable?

Mas, si en vuestro pensamiento debéis medir el tiempo por estaciones, dejad que cada estación envuelva a las demás.

Y que el hoy abrace el pasado con nostalgia y el futuro con ansioso anhelo».

Del bien y del mal

Y UNO DE LOS ANCIANOS de la ciudad dijo: «Háblanos del bien y del mal».

Y él respondió:

«Puedo hablaros del bien que hay en vosotros, no del mal.

Porque, ¿qué es el mal sino el bien torturado por su propia hambre y por su propia sed?

En verdad que cuando el bien tiene hambre busca alimento incluso en oscuras cavernas, y cuando siente sed bebe hasta en aguas estancadas.

Sois buenos cuando sois uno con vosotros mismos.

Pero cuando no sois uno con vosotros mismos no sois malos.

Porque una casa dividida no es una cueva de ladrones; es solo una casa dividida.

Y una nave sin timón puede navegar sin rumbo entre escollos peligrosos, sin hundirse.

Sois buenos cuando os esforzáis por dar de vosotros mismos.

Pero no sois malos cuando buscáis provecho para vosotros mismos.

Porque cuando lucháis por obtener provecho no sois más que una raíz que se aferra a la tierra y chupa de su seno.

La fruta no puede decir a la raíz: "Sé como yo, madura y plena, dando siempre de tu abundancia".

Porque para el fruto, dar es una necesidad, de igual modo que recibir lo es para la raíz.

Sois buenos cuando estáis completamente conscientes de vuestras palabras.

Mas no sois malos cuando estáis dormidos y vuestra lengua tartamudea sin propósito.

E incluso un hablar vacilante puede fortalecer una lengua débil.

Sois buenos cuando vais hacia vuestra meta con paso firme y audaz.

Pero no sois malos cuando os dirigís a ella cojeando.

Ni siquiera los que cojean retroceden.

Pero vosotros, fuertes y veloces, procurad no cojear delante de los lisiados con intención de mostrar delicadeza.

Sois buenos de muchas maneras, pero no sois malos cuando no sois buenos.

Sois en ese momento perezosos, indolentes.

Lástima que los ciervos no puedan enseñar su velocidad a las tortugas.

En vuestro anhelo por un yo superior descansa vuestro bien, y ese anhelo está en todos vosotros.

Pero, en algunos, tal anhelo es un torrente que se precipita con fuerza hacia el mar arrastrando los secretos de las colinas y las canciones del bosque.

En otros es un débil e indolente arroyuelo que se pierde en meandros consumiéndose antes de llegar al estuario.

Pero que quien mucho anhela no diga a quien poco desea: "¿Por qué eres lento y te paras tanto?".

Porque el que es verdaderamente bueno no pregunta al desnudo: "¿Dónde está tu ropa?", ni alvagabundo "¿Qué le ha pasado a tu casa?"».

De la oración

ENTONCES, una sacerdotisa dijo: «Háblanos de la oración».

Y él respondió:

«Oráis en vuestra angustia y en vuestras necesidades; mas debéis orar también en la plenitud de vuestro gozo y en vuestros días de abundancia.

¿Qué es la oración sino la expansión de vosotros mismos en el éter viviente?

Y si para aliviaros volcáis vuestra oscuridad en el espacio, también para vuestro deleite debéis derramar en él el alba de vuestro corazón.

Y si solo podéis llorar cuando vuestra alma os incita a la oración, también ella os incitará repetidas veces hasta que podáis reír.

Cuando oráis, os eleváis para encontrar en el espacio a quienes en ese mismo momento están orando, y a quienes no podréis encontrar en ninguna otra parte fuera de la oración.

Por tanto, procurad que vuestra visita a ese invisible templo no sea más que éxtasis y dulce comunión.

Porque si entráis en el templo con el único propósito de pedir, no recibiréis.

Y si entráis para humillaros, no seréis levantados.

Y si lo hacéis para rogar por el bien de otros, no seréis escuchados.

Basta con que entréis en el templo invisible. No puedo enseñaros a orar con palabras.

Dios no atiende vuestras palabras salvo cuando es Él mismo quien las dice a través de vuestros labios.

Y yo no puedo enseñaros la oración de los mares, de los bosques y de las montañas.

Mas vosotros, nacidos de las montañas y los bosques y los mares, podéis encontrar su oración en vuestro corazón.

Y si os limitáis a escuchar en la quietud de la noche, le oiréis decir en el silencio: "Señor nuestro, que eres nuestro ser alado, es Tu voluntad la que quiere en nosotros.

Es Tu anhelo el que anhela en nosotros.

Es Tu impulso el que en nosotros convierte nuestras noches, que son tuyas, en días, que también son tuyos.

Nada podemos pedirte, porque Tú sabes nuestras necesidades antes de que nazcan en nosotros.

Tú eres nuestra necesidad, y dándonos más a ti mismo, nos lo ofreces todo"».

Del placer

ENTONCES un ermitaño que visitaba la ciudad de todos los años, se adelantó y dijo: «Háblanos del placer».

Y él respondió:

«El placer es un canto de libertad, pero no es la libertad.

Es el florecimiento de vuestros deseos, mas no su fruto.

Es un abismo llamando a su propia cumbre, mas no es ni el abismo ni la cumbre.

Es el enjaulado que cobra alas, mas no es espacio cercado.

Sí, realmente el placer es una canción de libertad.

Y me gustaría que la cantaseis con todo vuestro corazón; mas no quisiera que perdieseis ese corazón en el canto.

Algunos de vuestros jóvenes buscan el placer como si el placer fuera todo, y son por ello juzgados y censurados.

Yo no los juzgaría, ni los censuraría. Los dejaría buscar.

Porque encontrarán el placer, pero no solo.

Siete son sus hermanas, y la más fea de ellas es más hermosa que el placer.

¿No oisteis hablar nunca del hombre que cavando la tierra en busca de raíces encontró un tesoro?

Algunos de vuestros mayores recuerdan los placeres entre arrepentimientos, como errores cometidos en estado de embriaguez.

Mas el arrepentimiento es como nubes sobre la frente, mas no el castigo.

Deberían recordar sus placeres con gratitud, como recuerdan la cosecha de un verano.

Mas si les alivia arrepentirse, dejad que se arrepientan.

Y hay entre vosotros algunos que no son ni jóvenes para buscar, ni viejos para recordar.

Y en su temor a la búsqueda y al recuerdo, rehuyen todos los placeres por miedo a menospreciar al espíritu o a ofenderlo.

Mas esa renuncia misma es su placer.

Y de esa forma también encuentra su tesoro, aunque caven en busca de raíces con manos temblorosas.

Mas, decidme, ¿quién puede ofender al espíritu?

¿Ofende el ruiseñor el silencio de la noche?

¿Ofende el gusano de luz a los astros?

¿Molesta el viento vuestra llama o vuestro humo?

¿Creéis que el espíritu es un agua estancada que podéis enturbiar con un cayado?

Con frecuencia, rehusando el placer no hacéis sino almacenar deseo en las entretelas de vuestro ser.

¿Quién no sabe si lo que hoy hemos reprimido no brotará mañana?

Incluso vuestro cuerpo conoce su herencia y sus necesidades legítimas, y no quiere ser engañado.

Y vuestro cuerpo es el arpa de vuestra alma.

Y a vosotros os toca arrancar de ella música melodiosa o sonidos confusos.

Y ahora os preguntáis en vuestro corazón:

¿Cómo distinguiremos en el placer lo que es bueno de lo que no lo es?

Id a vuestros campos y a vuestros jardines: allí veréis que el placer de la abeja es libar la miel de la flor.

Mas también el placer de la flor es brindar esa miel a la abeja.

Porque para la abeja una flor es una fuente de vida.

Y para la flor una abeja es un mensajero de amor.

Y para ambos, abeja y flor, dar y recibir el placer son una necesidad y un éxtasis.

Pueblo de Orfalís, sed en vuestros placeres como las flores y las abejas».

De la belleza

Y UN POETA dijo: «Háblanos de la belleza».

Y él respondió:

«¿Dónde hallar la belleza y qué hacer para encontrarla si ella no es vuestro camino y vuestro guía?

El humillado y el ofendido dicen: "La belleza es amable y abundosa.

Camina entre nosotros como una joven madre, avergonzada casi de su propia gloria".

Y los apasionados dicen: "No, la belleza está hecha de fuerza y de terror.

Como la tempestad, que sacude la tierra bajo nuestros pies y el cielo sobre nuestras cabezas".

El hastiado y el aburrido dice: "La Belleza está hecha de blandos murmurios. Habla en nuestro espíritu.

Su voz invade nuestros silencios como una luz mortecina que tiembla de temor a las sombras".

Mas el inquieto dice: "La hemos oído gritar entre las montañas.

Y a sus gritos, retumbó un rodar de cascos, el batir de alas y el rugir de fieras".

Durante la noche, los guardianes de la ciudad dicen: "La belleza vendrá con el alba desde Levante".

Y al atardecer, los labriegos y los caminantes dicen: "La hemos visto inclinarse sobre la tierra desde las ventanas del crepúsculo".

En invierno, el sitiado entre la nieve dice: "Vendrá con la primavera, saltando por las colinas".

Y en el calor del estío, los segadores dicen: "La hemos visto danzando entre las hojas del otoño y vimos torbellinos de nieve en su cabello".

Todo esto es lo que habéis dicho sobre la belleza. Mas en verdad hablasteis no de ella, sino de vuestras necesidades insatisfechas.

Y la belleza no es una necesidad, es un éxtasis. Ni una boca sedienta, ni una mano vacía que suplica.

Sino un corazón ardiente y un alma encantada.

No es la imagen que querríais ver, ni la canción que desearíais oír.

Es una imagen visible aunque cerréis los ojos, y una canción que oís aunque os tapéis los oídos.

No es la savia que corre bajo la rugosa corteza, ni un ala adherida a una garra.

Sino un jardín eternamente en flor, y una bandada de ángeles eternamente en vuelo.

Pueblo de Orfalís: la belleza es la vida cuando la vida alza el velo y muestra su rostro esencial y sagrado.

Mas vosotros sois la vida y el velo.

La belleza es la eternidad contemplándose en un espejo.

Y vosotros sois la eternidad y el espejo».

De la religión

Y UN VIEJO SACERDOTE dijo: «Háblanos de la religión».

Y él respondió:

«¿Acaso hablé hoy de otra cosa?

¿No son religión acaso los actos y todos los pensamientos?

¿E incluso lo que no es ni acto ni pensamiento, sino un milagro y una sorpresa brotando siempre en el alma, hasta cuando las manos tallan la piedra o atienden el telar?

¿Puede alguien separar su fe de sus obras o sus creencias de sus trabajos?

¿Quién es capaz de extender sus horas ante sí mismo y decir: "Esta para Dios y esta para mí, esta para mi espíritu y esta para mi cuerpo?"

Nuestras horas todas son alas que baten de ser a ser en el espacio.

A quien usa su moral como su mejor vestido, mejor le fuera andar desnudo.

Ni el viento ni el sol agrietarán su piel.

Y quien define su conducta con normas, enjaula a su pájaro cantor.

El canto más libre no viene de las rejas ni del interior de las jaulas.

Y aquel para quien la adoración es una ventaja tanto para abrir como para cerrar, no conoce todavía la morada del espíritu, cuyas ventanas abiertas permanecen de aurora a aurora.

Vuestra vida cotidiana es vuestro templo y vuestra religión.

Siempre que entráis en él, lleváis encima cuanto os pertenece.

Lleváis el arado y la fragua, el martillo y el laúd y cuanto habéis hecho por necesidad o por capricho. Porque en vuestros sueños no podéis alzaros por encima de vuestros triunfos ni caer más abajo de vuestros fracasos.

Y lleváis con vosotros a todos los hombres.

Porque en la adoración no podéis volar más alto que sus esperanzas, ni humillaros por debajo de su desesperación.

Y si conocierais a Dios no tendríais enigmas que descifrar.

Mirad mejor en torno vuestro, y lo veréis jugando con vuestros hijos.

Y contemplad el espacio: lo veréis caminando por las nubes, desplegando sus brazos en el relámpago y descendiendo en la lluvia.

Lo veréis sonriendo en las flores y levantándose luego para agitar sus manos en los árboles».

De la muerte

ENTONCES HABLÓ Almitra: «Ahora quisiéramos preguntarte sobre la muerte».

Y él respondió:

«¡Queréis conocer el secreto de la muerte!

Mas ¿cómo conocerlo a menos que lo busquéis en el corazón de la vida?

El búho, de ojos sitiados por la noche que son ciegos por el día, no puede quitar el velo al misterio de la luz.

Si en verdad queréis contemplar el espíritu de la muerte, abrid de par en par vuestro corazón al cuerpo de la vida.

Porque la vida y la muerte son una, lo mismo que son uno el río y el mar.

En lo más hondo de vuestras esperanzas y deseos descansa vuestro silente conocimiento del más allá.

Y como semillas que sueñan bajo la nieve, así vuestro corazón sueña con la primavera.

Confiad en los sueños, porque en ellos se esconde el camino a la eternidad.

Vuestro miedo a la muerte no es más que el temblor del pastor de pie ante el rey, cuya mano va a posarse sobre él para honrarlo.

Bajo su miedo, ¿no está jubiloso el pastor sabiendo que podrá ostentar el sello del rey?

¿No le hace eso más consciente de su temblor?

Porque, ¿qué es el morir, sino entregarse desnudo al viento y fundirse con el sol?

¿Y qué es dejar de respirar, sino liberar la respiración de sus inquietos vaivenes para que pueda alzarse y expandirse y buscar sin trabas a Dios?

En verdad, solo cantaréis realmente cuando bebáis del río del silencio.

Y solo cuando hayáis alcanzado la cima de la montaña empezaréis a escalar.

Y solo cuando la tierra reclame vuestros miembros, bailaréis en verdad».

Despedida

HABÍA llegado la noche. Y Almitra, la vidente, dijo: «Benditos sean este día, y este lugar, y tu espíritu que ha hablado».

Y él respondió:

> «¿Fui yo quien habló? ¿No fui también un oyente?».

Descendió entonces las gradas del Templo, y el pueblo lo seguía. Y llegado a su barco se mantuvo de pie sobre cubierta.

Mirando de nuevo al pueblo, alzó la voz y dijo:

> «Pueblo de Orfalís: El viento me ordena dejaros. Aunque tengo menos prisa que el viento, debo irme.
>
> Nosotros, los errantes que buscamos siempre el camino más solitario, no empezamos un día donde hemos concluido el anterior, ni hay aurora que nos encuentre donde nos dejó el crepúsculo.

Porque incluso mientras la tierra duerme, viajamos.

Somos semillas de una planta tenaz, y en nuestra madurez y plenitud de corazón nos entregamos al viento y nos diseminamos.

Breves fueron mis días entre vosotros, más breves aún las palabras que os dije.

Mas si mi voz muere en vuestros oídos y mi recuerdo se desvanece en vuestra memoria, entonces volveré.

Y con el corazón más lleno, y unos labios más obedientes al espíritu, volveré a hablaros.

Sí, volveré con la marea.

Y aunque la muerte me esconda, y el silencio me envuelva, buscaré vuestro espíritu.

Y no buscaré en vano.

Si algo de cuanto os dijo es verdad, la verdad se manifestará por sí misma en una voz más clara y en palabras más idóneas para vuestros pensamientos.

Me voy con el viento, pueblo de Orfalís, mas no hacia el vacío.

Y si este día no llena plenamente vuestras necesidades y mi amor, entonces permitid que sea una promesa hasta que ese día llegue.

Cambian las necesidades del hombre, mas no su amor, ni tampoco su deseo de que este amor satisfaga sus necesidades.

Sabed, pues, que volveré del silencio.

La niebla que al amanecer se disipa dejando solo rocío en los campos, se alza y se convierte en nube para volver a caer en lluvia convertida.

Y yo no he sido diferente de la niebla.

En la quietud de la noche caminé por vuestras calles, y mi espíritu penetró en vuestras casas.

Y los latidos de vuestro corazón sonaron en mi corazón, y vuestro aliento lo sentí en mi rostro, y a todos os conocí.

Sí, conocí vuestras alegrías y vuestros dolores, y cuando dormíais, vuestros sueños florecían en mis sueños.

Y entre vosotros estuve muchas veces como un lago entre las montañas.

He reflejado vuestras cimas y vuestras laderas, e incluso el paso de los rebaños de vuestros pensamientos y vuestros deseos.

Y a mi silencio llegaron en torrentadas la risa de vuestros niños, y los ríos anhelantes de vuestra juventud.

Y cuando llegaron a lo más hondo de mí, ni los torrentes ni los ríos dejaron de cantar.

Y algo más dulce que las risas, más intenso que los anhelos llegó hasta mí.

Lo infinito que hay en vosotros.

El hombre inmenso del que no sois más que las células y los tendones.

Aquel en cuyo canto todas vuestras canciones no son más que vibración insonora.

El hombre inmenso por el que sois inmensos. Y al mirarlo os vi y os amé.

Porque, ¿qué distancias puede alcanzar el amor que no estén en esa inconmensurable esfera?

¿Qué visiones, qué esperanzas, podrán remontarse por encima de ese vuelo?

Como gigantesco roble cubierto de flores de manzano es el hombre inmenso que en vosotros existe.

Su poder os ata a la tierra, su fragancia os eleva al espacio, y en su perdurabilidad sois inmortales.

Os han dicho que como una cadena sois tan débiles como el más frágil de sus eslabones.

Mas esto es solo en parte verdad. También sois tan fuertes como el más fuerte de vuestros eslabones.

Mediros por vuestra acción más pequeña es medir el poder del océano por la fragilidad de su espuma.

Juzgaros por vuestros fracasos es como culpar a las estaciones por su inconstancia.

Sí, sois como un mar.

Y aunque los barcos varados esperan la marea en vuestras costas, como el mar no debéis acelerar vuestras mareas.

Sois como las estaciones.

Y aunque en vuestro invierno neguéis vuestra primavera, esta, que yace dentro de vosotros, sonríe en medio de su sueño y no se ofende.

No penséis que os hablo de este modo para que penséis: "Nos alabó. Solo ha visto lo bueno que hay en nosotros".

Yo solo os digo en palabras lo que vosotros mismos sabéis en pensamiento.

Pues ¿qué otra cosa es el conocimiento que dan las palabras sino una sombra del conocimiento inexpresable?

Vuestros pensamientos y mis palabras son ondas de una memoria sellada que guarda nuestro ayer.

Y guarda también nuestros remotos días en que la tierra no nos conoció ni se conoció a sí misma.Y las noches en que la tierra fue sacudida por el caos.

Sabios vinieron a vosotros para daros de su sabiduría. Yo, en cambio, he venido a tomar de vuestra sabiduría.

Y encontré lo que es mayor que la sabiduría.

Es un espíritu ardiente que tenéis en vosotros y que crece constantemente a expensas de sí mismo.

Mientras vosotros, ajenos a su expansión, lamentáis el marchitarse de vuestros días.

Es la vida en busca de vida en los cuerpos que temen la tumba.

Aquí no hay tumbas.

Estas montañas, estas llanuras son cuna y escalón. Cada vez que paséis junto al campo donde dejasteis enterrados a vuestros antepasados, mirad bien, y allí os veréis a vosotros mismos y a vuestros hijos cogidos de la mano.

En verdad, a menudo os alegráis sin saberlo.

Hubo otros que llegaron hasta vosotros, a quienes habéis dado riqueza, poder y gloria, a cambio de promesas doradas hechas a vuestra fe.

Menos que una promesa os he dado, y sin embargo habéis sido generosos conmigo.

Me habéis dado la sed más honda después de la vida.

Os aseguro que no hay dádiva mayor para un hombre que la que convierte todos sus anhelos en labios abrasados y la vida toda en una fuente fresca.

Eso es mi honor y mi recompensa.

Siempre que acudo a beber a la fuente, encuentro sedienta el agua de la vida.

Y me bebe mientras yo bebo en ella.

Algunos me habéis juzgado orgulloso y demasiado esquivo a la hora de recibir vuestros obsequios.

Soy en verdad demasiado orgulloso para recibir salario, mas no obsequios.

Y aunque he comido frutos silvestres en las colinas cuando hubierais querido sentarme a vuestra mesa.

Y aunque he dormido en el pórtico del templo cuando me hubierais acogido de buena gana.

¿No era vuestro amable celo por mis días y mis noches lo que hizo más sabroso el alimento a mi paladar y coronó mi sueño de visiones?

Mas os bendigo aún por esto.

Dais mucho y no sabéis que dais.

En verdad la bondad que se mira a sí misma en el espejo se convierte en piedra.

Y una buena acción que se otorga a sí misma epítetos amables se convierte en fuente de maldición.

Algunos me habéis llamado solitario y embriagado en mi propia soledad.

Y habéis dicho: "Delibera con los árboles del bosque, pero no con los hombres.

Y solitario se sienta en las cimas de los montes y contempla nuestra ciudad a sus pies".

Cierto es que he subido a las colinas y caminado por lugares remotos.

¿Cómo podría haberos visto si no desde una gran altura o una gran distancia?

¿Cómo puede uno estar cerca sin encontrarse lejos?

Otros me llamaron sin palabras, diciendo:

"Extranjero, extranjero, amante de inalcanzables cimas, ¿por qué vives en las cumbres donde las águilas hacen sus nidos?

¿Por qué buscas lo inasequible?

¿Qué tormentas quieres atrapar con tu red?

¿Qué vaporosos pájaros cazas en el cielo? Ve y sé uno de nosotros.

Baja y calma tu hambre con nuestro pan y aplaca tu sed con nuestro vino".

En la soledad de sus almas decían estas cosas. Mas si su soledad hubiera sido más profunda,

habrían comprendido que yo solo buscaba el secreto de vuestra alegría y de vuestro dolor.

Y que solo andaba a la caza de vuestro ser mejor, el que surca las alturas.

Mas el cazador también fue cazado.

Porque muchas de mis flechas solo partieron raudas de mi arco para clavarse en mi propio pecho.

Y el que volaba también se arrastró.

Porque cuando mis alas se desplegaban al sol, su sombra sobre la tierra era una tortuga.

Y yo, el creyente, también fui el incrédulo.

Porque a menudo puse el dedo en mi propia llaga,

para poder tener mayor confianza en vosotros y conoceros mejor.

Y con esa confianza y ese conocimiento os digo:

No estáis encerrados dentro de vuestros cuerpos, ni confinados en casas o campos.

Porque lo que sois vosotros habita en las montañas y vaga con el viento.

No es algo que se arrastre hacia el sol buscando calor, o cave agujeros en la oscuridad en busca de lugar seguro.

Sino algo libre, un espíritu que envuelve a la tierra y se mueve en el éter.

Si las mías fueron palabras vagas, no tratéis de aclararlas.

Vago y nebuloso es el principio de todas las cosas, mas no lo es su fin.

Y quisiera que os acordaseis de mí como de un inicio.

La vida y cuanto en ella vive son concebidos en la niebla, y no en el cristal.

Y ¿quién sino el cristal sabe que es niebla en ocaso?

Querría que os acordarais de esto al recordarme:

Que lo que en vosotros parece más débil y confuso, es lo más fuerte y más definido.

¿No ha sido vuestro aliento el que alzó y endureció la armazón de vuestros huesos?

¿Y no fue un sueño, que ninguno de vosotros recuerda haber soñado, el que edificó vuestra ciudad e hizo todo cuanto en ella existe?

Y si os fuera posible ver tan solo las ráfagas de ese aliento y escuchar los murmullos del sueño, no oiríais ningún otro sonido.

Mas no veis ni oís; y está bien que así sea.

El velo que nubla vuestros ojos será rasgado por las manos que lo tejieron.

Y la arcilla que obstruye vuestros oídos, será horadada por los mismos dedos que la amasaron.

Y veréis.

Y oiréis.

No lamentaréis entonces haber conocido esa ceguera, ni haber estado sordos.

Porque ese día descubriréis los propósitos ocultos que hay en toda cosa.

Y bendeciréis lo mismo la oscuridad que la luz».

Tras decir esto miró en su derredor, y vio al piloto de su nave de pie junto al timón, mirando fijamente las velas desplegadas y la lejanía.

Y dijo:

«Paciente, muy paciente es el capitán de mi barco. El viento sopla y las velas están impacientes.

Hasta el timonel reclama rumbo.

Sin embargo, mi capitán tranquilo aguarda mi silencio.

Y estos marineros que han oído el gran coro del mar, también me han escuchado con paciencia.

No esperarán más.

Estoy listo.

El arroyo ya llegó al mar, y una vez más la inmensa madre estrecha a su hijo contra su seno.

Adiós, pueblo de Orfalís.

El día toca a su fin.

Se cierra sobre nosotros como el nenúfar sobre su propia mañana.

Conservaremos cuanto se nos ha dado.

Y si no basta, volveremos a reunirnos y a tender juntos nuestras manos al dador.

No olvidéis que regresaré entre vosotros.

Un solo instante más, y mis afanes reunirán cuerpo y espuma para otro cuerpo.

Un solo instante más, un momento de reposo en el viento, y otra mujer me dará a luz.

Adiós a vosotros y a la juventud que con vosotros pasé. Ayer mismo nos encontramos en un sueño.

Habéis alegrado con vuestros cantos mi soledad, y de vuestros anhelos yo he erigido una torre en el cielo.

Pero ahora nuestro sueño se ha disipado, y, concluido nuestro soñar, estamos en el alba.

> El mediodía está sobre nosotros, y nuestro ensueño ya es día pleno.
>
> Debemos partir.
>
> Si en el crepúsculo de la memoria volvemos a encontrarnos, hablaremos de nuevo, y una vez más me cantaréis vuestra canción más profunda.
>
> Y si nuestras manos volvieran a encontrarse en otro sueño, volveremos a elevar otra torre hacia el cielo».

Dicho esto, hizo una señal a los marineros y al punto levaron anclas, soltaron amarras e iniciaron su marcha hacia Oriente.

Y un clamor unánime brotó del pueblo hacia el cielo, remontándose entre las sombras del crepúsculo y propagándose sobre el mar como un inmenso clamor.

Solo Almitra quedó en silencio, mirando cómo la nave se esfumaba en la niebla.

Y cuando el pueblo todo se hubo dispersado, ella permaneció todavía en el muelle, recordando en su corazón estas palabras que él había pronunciado:

> «Un solo instante más, un momento de reposo en el viento, y otra mujer me dará a luz».

Otro títulos de la colección

GEORGE ORWELL
1984
edaf

VIRGINIA
WOOLF
Una habitación propia
edaf